Was bin ich, wenn alle anders sind?

Das Buch zur Autorenpatenschaft an der Landesschule für Blinde und Sehbehinderte Neuwied

Texte schreibender Schüler*innen für den Bundesverband der Friedrich-Bödecker-Kreise e. V. im Rahmen des Programms „Kultur macht stark. Bündnisse für Bildung" des Bundesministeriums für Bildung und Forschung

mit herausgegeben von
Mischa Bach

mitteldeutscher verlag

Herausgeber: Bundesverband der Friedrich-Bödecker-Kreise e. V.

Im Rahmen des Programms „Kultur macht stark. Bündnisse für Bildung" des Bundesministeriums für Bildung und Forschung

Cover: Claudia Lichtenberg
Satz/Gestaltung/Redaktion: Mitteldeutscher Verlag GmbH, Halle (Saale)

Weitere Informationen zu den „Autorenpatenschaften" über: www.boedecker-buendnisse.de

Alle Altersangaben beziehen sich auf die Entstehungszeit der jeweiligen Texte.

www.mitteldeutscherverlag.de

ISBN 978-3-96311-350-1

Printed in the EU

Im Anfang war das Wort ...

Wer kennt es nicht, dieses Zitat. Aber wie komme ich zu diesem Wort, dieser ersten Inspiration, die einen Schwall von Assoziationen nach sich zieht, die Kreativität freisetzt und sich lustvoll an der eigenen Vorstellungskraft vorwärtshangelt? Wie werden Bilder aufgebaut, die eigentlich nur abgeschrieben werden müssten, um einen Plot zu entwickeln, eine lyrische Idee oder um einen dramaturgischen Bogen zu spannen? Die frei von allen Einschränkungen und Blockaden die Lust am Schreiben wecken? Die mit dem Endresultat zu Papier gebracht werden: Schreiben macht Spaß? Die das Selbstbewusstsein stärken und für Möglichkeiten sensibilisieren, einen neuen Ausdruck für sich selbst zu finden?

Diese Möglichkeiten sind gegeben durch die Förderung des Bundesministeriums für Bildung und Forschung durch das Programm „Kultur macht stark. Bündnisse für Bildung". Mit den Landesverbänden der Friedrich-Bödecker-Kreise e. V. haben sich kompetente Bündnispartner herauskristallisiert, die das Projekt „Wörterwelten. Literatur lesen und schreiben mit Autor*innen“ umsetzen. So werden jedes Jahr im fünfjährigen Programmzeitraum rund vierzig Bücher veröffentlicht. In Workshops werden die Kinder oft durch ganzheitliche Ansätze zum Schreiben motiviert, sei es mit Unterstützung von Musikern oder Fotografen, von Hiphop-Tänzern oder Hörbuchmachern. So entstehen Poetry-Slams, Drehbücher oder Dialogsequenzen für darstellendes Spiel. Kinder und Jugendliche begeben sich auf Fantasiereisen in ein Land der unbegrenzten Möglichkeiten, der tausend tanzenden Worte, der wilden Assoziationen, die eingefangen und zu einem Schreiberlebnis zusammengefügt werden. Ob sie nun die Basis für einen Animationsfilm bilden oder in einem fesselnden Abenteuer Niederschlag finden: Hier eröffnet sich die Chance, Kinder schon im frühen Alter an das lustvolle Erlebnis der eigenen Kreativität heranzuführen. Ein Erlebnis mit Nachhaltigkeit, denn es weckt Interesse, sich besser kennenzulernen und auszuprobieren. Es weckt den Stolz über das selbst Geschaffene und will neu erlebt werden. Dieser Ansatz beinhaltet die positive Entwicklung der eigenen Persönlichkeit, der Selbstachtung und der eigenen Wertschätzung. Er führt zum Respekt dem anderen gegenüber, ist damit ein Beitrag zur Gewaltprävention und entwickelt die Fähigkeit, aktiv an gesellschaftlichen Entwicklungen teilzunehmen.

Aber dann kam Corona, die größte Herausforderung unserer Zeit. Trotz allem entstanden in den Friedrich-Bödecker-Kreisen wie Phönix aus der Asche ungewöhnliche Projekte, die im Zeichen des Lockdowns Perspektiven zur Literaturförderung entwickelten, die über den Tag hinaus Bestand haben und sich auch in unseren „Wörterwelten" spiegeln.

Der Bundesverband der Friedrich-Bödecker-Kreise e. V. lädt die Kinder und Jugendlichen deutschlandweit ein, an dem Programm „Wörterwelten" teilzunehmen. In der vorliegenden Dokumentation einer Autorenwerkstatt im Bundesland Rheinland-Pfalz kooperierten als lokale Bündnispartner der Verein zur Betreuung blinder und sehbehinderter Kinder e. V. und die Landesschule für

Blinde und Sehbehinderte in Neuwied. Als Autorin leitete Mischa Bach von April bis Juni 2021 die Patenschaft, wobei Malte Blümke als Koordinator für den Friedrich-Bödecker-Kreis im Land Rheinland-Pfalz und in Luxemburg e. V. die Verantwortung übernahm. Wir danken für die Zusammenarbeit und das Engagement.

Ursula Flacke
Mitglied des Bundesvorstands der Friedrich-Bödecker-Kreise e. V.

Held*innen auf Reisen

Ansichten einer Reisebegleiterin

Wir alle sind verschieden, sind unterschiedlich begabt und werden auf diverse Arten behindert. Wir kommen aus vielen Kulturen, unsere Hautfarben variieren. Wir leben und lieben alle auf ganz eigene Weise, sind einzigartig und tragen obendrein kühne Träume und eigensinnige Vorstellungen und Wünsche in uns. Und doch sind wir alle Menschen mit den gleichen Grundbedürfnissen, den selben Rechten und Chancen.

Aber ist das auch so in unserem Alltag? Und wie ist das mit dem Anderssein, wenn man so jung ist, dass das eigene Sosein erst entdeckt werden will? Die Suche nach Antworten auf diese und verwandte Fragen war der Ausgangspunkt unserer Held*innenreise der besonderen Art an der Landesblindenschule in Neuwied. Mit 13 Kindern und Jugendlichen aus den Klassen 4–5 und 6–8 brachen wir auf zu einer Reise ins Unbekannte.

Nicht mit dem Bus oder dem Flugzeug, was zu Corona-Zeiten ohnehin kaum machbar gewesen wäre. Nein, wer ich bin und vor allem, wer ich alles sein könnte, das lässt sich mit den Mitteln der Kunst besonders gut erkunden. In meinen Geschichten kann ich alles sein, der Drache, die Heldin oder auch ein zu rettender Prinz, Kanzlerin oder Chorknabe, ich kann durchs Weltall fliegen oder durchspielen, was passiert, wenn mein fiktionales Ich nie wieder Hausaufgaben macht und nicht mal mehr daran denkt, sein Zimmer aufzuräumen.

Zusammen mit Eva Pfitzner, der besten Workshop-Partnerin, die man sich wünschen kann, hatte ich die Freude, 13 Schüler*innen über mehrere Monate auf ihrer Entdeckungsreise von ersten Ideen und Bildern bis hin zu fertigen Geschichten, Gedichten und sogar einem gemeinsamen Theaterstück zu begleiten. Einhörner und Drachen tummeln sich nun in unserem Buch, es gibt Geisterhunde und Aliens, Panzer und Pferde, es wird geliebt und gekämpft und vieles mehr.

Um diese Reise zu ermöglichen, brauchte es neben schreibwilligen Reisenden sowie mir und Eva als Reisebegleiterinnen eine ganze Reihe Unterstützer: allen voran der Verein zur Betreuung blinder und sehbehinderter Kinder e. V. und die Landesschule für Blinde und Sehbehinderte in Neuwied, die zusammen das „lokale Bündnis für Bildung" waren; dazu die Lehrerin Verena Welsch, die einerseits unsere Koordinatorin war und andererseits zusammen mit ihrer Kollegin Nadine Stotz Tag für Tag unseren Workshop begleitete, sowie weitere Kolleg*innen, die uns unterstützten; Russel Poyner, der uns musikalisch beim Schreiben der Songs und Raps auf die Sprünge half; Patrick Meyer und seine Viecher aus dem Poecitarium, die für einen besonderen Workshoptag im Juni sorgten; dazu Shirin Emam, die die Texte der jungen Schreibenden abtippte, und last but not least der Bundesverband der Friedrich-Bödecker-Kreise mit seiner Initiative. Ohne sie gäbe es dieses Buch nicht.

Genug der Vorrede und Vorhang auf für die Kreativität der Kids an der Landesschule für Blinde und Sehbehinderte!

Dr. Mischa Bach,

Autorin, Dozentin, Reisebegleiterin ;-)

Die Texte der Teilnehmer*innen

Held*innensuche

Der Schreibtisch ist nicht immer der beste Ort, um eine Geschichte anzufangen. Manchmal muss man dafür rausgehen, ein paar Blätter und Äste sammeln und dann ein bisschen Druck machen. So starteten wir in unseren Workshop und bastelten bzw. druckten lauter individuelle Helden und Heldinnen. Voilá, sogleich hatten wir das Personal für unsere ersten beiden Gemeinschaftsgeschichten. Das ist die der Welsch-Klasse:

Besuch aus dem Weltall oder Von Prinzen, Äpfeln und Raketen

Der Fisch Max wachte auf und ärgerte sich sogleich: blöd, heute ist Schlagzeugprobe mit der Band – und das konnte er gar nicht leiden. Viel lieber hätte er Gitarre gespielt, aber das sollte er ja nicht. Blöde Band, blödes Schlagzeug! Knall, peng, krachte es, als er das ganze Gedöns umtrat.

Knall, peng, aua, schepperte der Krach in **Mes** hochempfindlichen Hörhörnern. Irgendwas stimmte mit dem Navi seines Raumschiffes nicht. Eigentlich hatte er mit seinem Lavahund Snuggles auf einem Eisplaneten Sonnenschirme und Schlittschuhe liefern sollen, aber dieses blaue Ding da unter ihm, von dem dieser Krach hinaufdrang, sah ganz und gar ungefroren aus.

Prinz Benjamin dagegen sah auf und sah – ja, was sah er eigentlich? Was schwebte hoch überm Saarland und sah aus wie eine riesengroße Eisbombe, bloß, dass Eisbomben natürlich nicht fliegen konnten? Wäre das nicht ein toller Entwurf für ein Kinderspielhaus? Moment, hatte die fliegende Eisbombe etwa ein Fenster, aus dem ein gelbgrüngesichtiges Wesen blickte und wie wild mit den Tentakeln wedelte?

„Wow, ein Raumschiff mit einem Alien, das ist ja echt mal cool“, sagte **Lio, das grüne Auge**. Er besuchte gerade seinen Freund Prinz Benjamin, weil sie sich absprechen wollten, wie man gegen blöde Erwachsenenpläne ankam – Prinz Benjamin wollte jedenfalls lieber Häuser entwerfen, statt auf dem Thron rumlungern und Lio endlich Samba tanzen lernen, statt argusäugig Rechenfehler auf Kassenzetteln aufzuspüren.

„Hey ihr da unten", schallte Mes Stimme aus dem Raumschiff, und zwar so laut, dass es sogar Fisch Max in Frankfurt hören konnte und **Effe** in Ankara aus dem Bett fiel (der Dino hatte heute Krallenkontrolltag beim Krallendoktor und da durfte man natürlich bis mittags im Bett liegen bleiben).

Alle – Prinz Benjamin und Lio, der **Drache Jandanielrudolf** mitsamt seinen vier Kindern, die gerade zusammen mit dem **Brillen-Elch** den Park des Königsschlosses besuchten, schauten mit offenen Mündern nach oben. Nur **der bunte Apfel**, der hier in einem Baum – seinem Baum – lebte, versteckte sich sicherheitshalber zwischen den Blättern. Drei Straßen weiter brachte der **Spucker** vorsichtshalber seinen Panzer, der normalerweise auf das Haus seines verfeindeten Nachbarn zeigte, in Richtung schwebende

Eisbombe mit gelbgrünem Oktopusalien in Stellung.

„Hallo, ihr da unten, was ist denn mit euch los?! Hat der Vulkangott eure Zungen verschluckt? Oder habt ihr noch nie einen Alien gesehen?" Me war ein bisschen ratlos und ließ sein Raumschiff langsam hinuntergleiten zur Planetenoberfläche.

„Halt, stopp!", rief Prinz Benjamin. „Bloß nicht im Rosenbeet landen, dann regt sich meine Mutter, Königin Iris, immer so auf!"

„Was ist ein Rosenbeet?", fragte Me verdutzt, auf seinem Planeten gab es nur Vulkane und Schutzkugeln.

„Das da neben meinem Baum", ließ sich der Apfel nun doch aus dem Baum vernehmen. „Das duftende, stachlige, wunderschöne!"

„Aha", sagte Me und betrachtete das Viereck mit den bunten Dingern etwas verständnislos. „Was ich aber eigentlich wissen wollte: Welcher Planet ist das hier?"

„Die Erde", sagte Lio.

„Und das ist kein Eisplanet?", fragte Me, nur so zur Sicherheit. „Ich soll Schlittschuhe ausliefern, aber mein Navi spinnt wohl und der Hund hat den Lieferschein gefressen, also kann ich den Planetennamen nicht mehr nachschauen."

„Europa. Ich glaube, du meinst den Jupitermond Europa. Der ist aus Eis und da wollte ich schon immer mal hin, das Feuer in meiner Kehle mit Eis kühlen, stelle ich mir toll vor", dröhnte es blechern von hinten. Dort stand Spucker mit seinem Panzer. „Wenn du mich mitnimmst, zeige ich dir den Weg dahin."

„Okay", sagte Me, „mein Raumschiff ist dank der Vulkane feuerfest, also steig ein. Auf geht's!"

Und los ging es. Die anderen im Schlossgarten schauten ihnen hinterher und winkten. Und selbst der verfeindete Nachbar vom Spucker winkte und wischte sich verstohlen eine Abschiedsträne aus dem Gesicht.

Gemeinschaftsgeschichte mit allen Held*innen der Welsch-Klasse, verwoben und verstrickt von Mischa, 55 Jahre, Essen

... aber das war natürlich nicht das einzige Abenteuer, das an unserem ersten Workshoptag zu einer Geschichte wurde. Tatsächlich nahmen hier gleich mehrere ihren Anfang, an denen zum Teil viele Tage gearbeitet wurde. Diese haben Emil und Jan für ihre beiden Helden geschrieben:

Der Rentner, der Panzer und der Drache

Eines Tages verlief sich das Pferd im Schützengraben, weil das Gras dort viel besser war. Als es ein paar Minuten lecker Gras gefressen hatte, hörte es plötzlich ein lautes Platschen, als der Rentner in den Pool sprang.

Das Pferd wieherte erschrocken: „Du Spucker!"

„Du Holzpferd, hau ab!", rief der Rentner.

Das Pferd lief zu seiner Wiese zurück. Auf einmal kam der Drache von seinem Berg herunter geflogen und biss das Pferd in den Schweif und riss dabei ein Stück heraus.

„Aua, du Doofdrache!"

„Ich krieg dich eh, du spuckiges Holzpferd!!", erwiderte der Drache.

Das Pferd lief voller Angst zur anderen Wiese zurück. Auf einmal begann der Rentner mit der Panzerfaust über die Wiese hinweg zu schießen und hätte dabei fast das Pferd getroffen. Der Panzer auf der anderen Seite schoss zurück. Das Pferd wurde getroffen und fiel um. Der Drache, der das Ganze beobachtet hatte, schnappte sich das Pferd und zog es nach Hause. Dort verspeiste er es.

Seitdem leben der Panzer, der Rentner mit der Panzerfaust und der Drache zusammen und bringen ihre Feinde um. Dann essen sie sie.

Guten Appetit!

Emil, 12 Jahre und
Jan, 14 Jahre

Auch Mayas und Oserjemerys Geschichte dreht sich um ihre Helden, die bereits in der Gemeinschaftsgeschichte wichtige Rollen spielen – und um ein ganz wichtiges Thema, nämlich die Freundschaft:

Das Wiedersehen mit Prinz Benjamin

Das grüne Auge und der Prinz Benjamin waren früher zusammen im Kindergarten und sehr gut befreundet. Nach einer Weile ist Prinz Benjamin nach Los Angeles umgezogen und sie haben sich fünf Jahre nicht mehr gesehen.

Das grüne Auge und Prinz Benjamin sind zufällig nach Russland gezogen und wussten nicht, dass sie Nachbarn wurden.

Das grüne Auge wollte kochen und hatte kein Paniermehl mehr. Er überlegte und dachte: „Ich könnte ja mal zu meinem Nachbarn gehen und fragen, ob er für mich Paniermehl hat." Also ging er zum Nachbarn und klingelte.

Als die Tür aufging, war das grüne Auge sehr erstaunt, weil Prinz Benjamin vor ihm stand. Das grüne Auge rief: „Was geht, mein Tanzbeinchen?!" Prinz Benjamin war sehr glücklich, dass er das grüne Auge wiedersehen konnte. Er schrie: „Wie schön dich wiederzusehen, mein Drachenzahn! Komm doch rein!" Das grüne Auge sagte: „Ja, gerne und könntest du mir noch Paniermehl geben?" Prinz Benjamin sagte: „Ja, klar! Wie wär's, wenn wir mal zusammen essen gehen würden?" Das grüne Auge sagte: „Ja, warum nicht?" Sie verabredeten sich und sie wurden wieder gute Freunde.

Oserjemery Elise, 13 Jahre und
Maya, 12 Jahre

Laurel hat an seiner Geschichte immer wieder gearbeitet und auch daheim dran weitergeschrieben. Darüber ist sie so lang geworden, dass wir nur einen Teil des Anfangs abdrucken können:

Geisterhund

Endlich Sommerferien dachte ich, doch ich wusste nicht, auf was für ein Abenteuer ich mich eingelassen hatte ... Am besten, ich erzähle Euch alles von Anfang an:

Wir fuhren am ersten Freitag der Sommerferien los, um zu zelten. Erst wollten mein kleiner Bruder und ich nicht mit, aber mein Vater wollte unbedingt zelten und als er meine Mutter überzeugt hatte, sind wir schließlich gefahren. Wir sind stundenlang erst über die Autobahn und zum Schluss über ruckelige Landstraßen gefahren. Schließlich kamen wir in ein altes Dorf, in dem es nur Holzhäuser gab. Wir fuhren eine Schotterstraße entlang und kamen hinter dem Dorf auf einem alten Campingplatz zum Stehen. Meine Eltern mühten sich ab, das Zelt aufzubauen. Mein kleiner Bruder tollte auf dem Campingplatz herum. Mein Vater fragte, ob ich helfen wollte. Ich sagte: „Nein." Ich wollte mich lieber etwas umsehen.

Das Gras auf dem Campingplatz war verbrannt. Offensichtlich kümmerte sich niemand mehr um den Campingplatz. Wir waren die einzigen hier.

Ich ließ meinen Blick schweifen. Der Platz war in etwa 500 m lang. Ein bisschen abseits war eine verrostete alte Schaukel. Ich seufzte: „Na super, wir sind irgendwo in der Pampa." Ich zückte mein Handy und sagte zu meinen Eltern: „Ich sehe mich etwas um." „Okay", sagte mein Vater, „aber bleib in der Nähe."

Der Campingplatz war von Stoppelfeldern umgeben. Eine Straße kam von Norden, die andere führte nach Westen. Wir kamen von Norden, deswegen beschloss ich, nach Westen zu gehen. Die Straße war nicht lang, nur gut 200 m. Die Straße war nicht asphaltiert. Es gab viele Schlaglöcher, über die ich stolperte. Ich lief ein Stück und ließ mich dann in ein Stoppelfeld plumpsen. Ich versuchte, meiner besten Freundin Viola zu schreiben, aber leider hatte ich keinen Empfang. Ich beschloss, einfach dazusitzen und mir den Sonnenuntergang anzuschauen. Den Sonnenuntergang? Himmel, ich hatte ganz die Zeit vergessen. Ich musste mich sehr beeilen.

Es war schon fast dunkel, als ich bei unserem Zelt ankam. Meine Mutter stand vor dem Zelt und rief mir zu: „Alina, wo warst du so lange? Wir haben uns schon Sorgen gemacht!" Ich versuchte, meine Mutter zu beschwichtigen. Nach einer Zeit gelang es mir auch. Wie besorgt Mütter sein können. Inzwischen war es komplett dunkel geworden und am Himmel zogen große Gewitterwolken auf und ehe ich mich versah, goss es wie aus Eimern. Ich konnte mich gar nicht schnell genug ins Zelt retten. Als ich im Zelt saß, war ich komplett nass. Mein kleiner Bruder und meine Eltern saßen ebenfalls durchnässt im Zelt. Mein Bruder zuckte zusammen, als der Wind an den Zeltwänden rüttelte. Es sah so aus, als würde das Zelt gleich zusammenbrechen.

„Wir können ja was spielen", versuchte mein Vater uns aufzuheitern.

„Und was willst du spielen?", fragte Mama. „Die Brettspiele, die wir mitgenommen haben, liegen im Auto und ich werde sicherlich nicht nach draußen gehen bei dem Regen!" Dem musste mein Vater zustimmen. Es donnerte und ein grelles Licht leuchtete auf. Es war so hell, dass man es sogar durch die Zeltwand sehen konnte. Mein Bruder schreckte zusammen.

Es ist Nacht geworden. Ich und mein Bruder krochen in unsere Schlafsäcke. Es hatte sich nichts an der Wetterlage geändert. Im Gegenteil, es ist noch schlimmer geworden. Mein Vater hat gesagt, das Gewitter ist genau über uns. Um mich und meinen Bruder zu beruhigen, sangen sie uns ein Lied vor. Ich muss sagen, dass ich froh bin, dass meine Mutter keine Sängerin geworden ist.

Mein Bruder und ich schliefen ein. Ich hörte noch so halb die Stimmen meiner Eltern, die besorgt schienen. Ich konnte nicht hören, was sie redeten. Da schlief ich schon ein.

Plötzlich wachte ich auf. Es musste mitten in der Nacht sein. Ich sah neben mich und sah meinen kleinen Bruder. Er schlief genau wie meine Eltern, da hörte ich es. Ein Winseln wie aus einem Horrorfilm. Ich bekam Panik und versuchte, meine Eltern zu wecken, aber sie schliefen weiter. Da war es schon wieder, das Jaulen. Dieses Mal klang es ganz nah. Ich merkte, wie ich anfing zu schwitzen. Es hatte keinen Zweck. Ich schaffte es nicht, meine Eltern aufzuwecken. Stattdessen suchte ich meine Taschenlampe. Als ich sie gefunden hatte und anschaltete, blitzte ein heller Lichtstrahl an die Zeltwand. In dem Moment zuckte ein greller Blitz am Himmel. Ich ließ vor Schreck die Taschenlampe fallen und sie ging aus, da sah ich einen Schatten, der auf das Zelt zukam.

Ich kriegte noch mehr Angst. Ich merkte, wie mir der Schweiß über den Rücken lief. Da spürte ich einen Gegenstand an meiner Hand. Es war meine Taschenlampe. Ich schaltete sie ein und richtete sie auf die Wand, wo der Schatten war. Ich hörte wieder das Jaulen. Ich glaubte, dass der Schatten verschwunden war, da hörte ich ein Stöhnen. (...)

Laurel, 13 Jahre

Abenteuerlich geht es auch in der folgenden Geschichte zu, in der uns Mahmud-Sami und Türkiye_Denizli_20 in den Urwald entführen:

Überleben im Dschungel

Recep wachte im Dschungel auf, weil sein Flugzeug nach Kenia abgestürzt war. Er ging zum Flugzeug, und alle waren tot. Er guckte, ob es etwas zum Essen und Trinken im Flugzeug gab. Er hat ein paar Koffer mit Essen und Trinken gefunden und mitgenommen. Er hat aus Holz eine Hütte gebaut. Es wurde Abend, und Recep hat ein Lagerfeuer gemacht. Und danach hat er geschlafen.

Am nächsten Tag ist er jagen gegangen, und er hat einen Hirsch gejagt. Er hat den Hirsch in seiner Hütte gegessen, und dann ging er spazieren. Und auf einmal kommt ein Jaguar, und Recep hat eine Riesenangst. Er rennt weg und klettert auf einen Baum, und der Jaguar klettert hinterher, und Recep wirft sein Messer auf seinen Kopf, und der Jaguar ist tot. Recep klettert runter und holt vom Jaguar das

Fell. Und bringt sein Jaguarfell in seine Hütte und macht einen Jaguarfellteppich, und er geht Holz für das Lagerfeuer suchen. Dann hat er genug Holz und geht zurück zu seiner Hütte. Dann schläft er.

Danach geht er zum Wald, um gutes Holz zu finden. Und holt eine kleine Liane und macht einen Bogen. Danach macht er mit seinem Messer Pfeile. Er geht jagen. Da sieht er ein Bison. Und er jagt es. Er brauchte drei Pfeile, um es zu erlegen. Er schiebt das Bison zu seiner Hütte. Er holte sich das Bisonfell. Recep machte mit dem Bisonfell sein Bett. Er war im Dschungel drei Wochen lang.

Und er hat ein Feld gefunden mit Pferden. Er wollte das schwarze englische Vollblut fangen. Er hat Rodeo auf dem Pferd gemacht. Und das Pferd hat sich an ihn gewöhnt. Recep ging mit seinem Pferd in seine Hütte. Recep band sein Pferd an einen Baum. Er hat aus Bisonfell und Metall einen Sattel gemacht. Dann sattelte er sein Pferd. Nach vier Tagen hörte das Pferd auf Recep. Er nannte sein Pferd Rüsgar. Dann fütterte Recep sein Pferd.

Recep ist Holz sammeln gegangen. Und dann machte er eine große Holzhütte für sein Pferd.

Recep mochte sein Pferd und das Pferd mochte Recep. Er will nicht mehr nach Kenia. Er will ab jetzt im Dschungel leben.

Er ging Früchte und Beeren sammeln, dann ging er zurück zu seiner Hütte. Er gab die Früchte Rüsger zum Essen und aß selbst die Beeren. Er hat ein Lagerfeuer gemacht. Sein Trinken ging langsam aus. Er ging zum See, um Wasser mit seiner Metallflasche zu holen. Dann ging er zurück zu seiner Hütte. Er machte ein Lagerfeuer. Er kochte das Wasser, damit die Bakterien sterben. Er ging schlafen.

Und auf einmal waren da Geräusche. Es waren zwei Wölfe. Er hatte richtig Angst und holte seinen Bogen und schoss einen Wolf ab. Und der Wolf starb. Und der andere Wolf griff Recep an. Recep konnte nichts tun. Der Wolf sprang auf Recep. Recep holte schnell sein Messer und stach den Wolf in den Hals, und der Wolf starb. Recep schlief weiter und lebte weiter in Ruhe.

Mahmud-Sami, 12 Jahre und
Türkiye_Denizli_20, 12 Jahre

Genug der Drachen, der Geister und Abenteuer im Urlaub oder Urwald. Dass auch Alltägliches spannungsreich sein kann, zeigt die zweite Geschichte von Oserjemery Elise und Maya:

Der große Streit

Finja und Flora waren früher gute Freunde. Aber als sie in die 6. Klasse gingen, hatten sie großen Streit. Wegen so einer Sara. Sie hat Lügen erzählt über die beiden. Sie liebten den gleichen Jungen und würden alles machen für ihn. Einmal sind sie sogar zufällig ins Kino gegangen und haben sich angewidert, als sie sich gesehen haben. Sie konnten sich überhaupt nicht ausstehen und haben sich gegenseitig angezickt. Sie gingen aus dem Saal und gingen getrennte Wege.

Einen Tag später hatten sie keine Schule. Also überlegte Flora auf den Spielplatz zu gehen und sich da mit Freunden zu treffen. Die gleiche Idee hatte Finja auch. Finja guckte sich um, wer auf dem Spielplatz war. Sie konnte es nicht glauben. Finja schrie: „Flora, was machst du da mit Sara?" Flora stotterte und sagte: „Ehmm, ja es tut mir leid. Ich wollte dich nur eifersüchtig machen." Finja sagte: „Es tut mir auch leid. Wollen wir wieder Freunde sein?"

„Hallo? Hallo Finja?", sagte die Lehrerin. „Es wird nicht im Unterricht geschlafen." Finja schaute verwirrt und sagte: „Ja, es tut mir leid!" Der Unterricht war zu Ende und Finja ging in die Pause. Sie ging zu Flora und schubste sie so, dass sie auf den harten Boden fiel. Flora blutete aus der Nase. Flora sagte nix mehr. Sara rief den Krankenwagen.

Fünf Minuten später kam der Krankenwagen. Der Notarzt guckte sich die blutende Nase an und sagte: „Flora muss ins Krankenhaus. Wir haben einen Verdacht auf starkes Bluten aus der Nase." Flora wurde von zwei Sanitätern auf eine Trage gelegt und in den Krankenwagen gefahren.

Sie legten ihr eine Infusion an, dann machten sie die Tür vom Wagen zu und fuhren sie ins Krankenhaus. Im Krankenhaus stellte man fest, dass sie nicht mehr ansprechbar war. Sie handelten sofort und verlegten sie ins Koma. Einige

Zeit später wussten die Ärzte, dass man ihr Leben nicht mehr retten konnte und sagten es Finja. Sie schrie: „Soll sie doch sterben, die blöde Kuh! Sie war mir immer schon egal!"

Eine Woche später ...

Finja bereute es sehr, dass sie Flora auf den Boden geschubst hatte. Sie überlegte, ins Krankenhaus zu gehen und Flora zu besuchen. Als Flora aus dem Koma erwachte, wünschte sich Flora, dass Finja sie besuchte. Ihr Wunsch ging in Erfüllung und Finja stand vor ihr. Finja sagte: „Hallo, wie geht es dir?" Flora antwortete: „Ein bisschen besser." „Das ist gut!", sagte Finja. Flora sagte gar nichts mehr und saß einfach nur da. Finja nahm ihre Hand und drückte sie ganz fest. Flora hatte Tränen in den Augen und schaute Finja an. Finja nahm Flora in den Arm und sagte leise zu ihr: „Es wird alles wieder gut." Das beruhigte Flora sehr und sie hörte auf zu weinen. Flora fragte: „Bleibst du jetzt noch bei mir?" „Ja", sagte Finja und lächelte Flora zu.

Oserjemery Elise, 13 Jahre und
Maya, 12 Jahre

Etwas, das wir alle in der Corona-Zeit sicher vermisst haben, thematisiert die folgende Geschichte:

Der schöne Urlaub mit Mina und mir

In den Herbstferien hatten Mina und ich einen Urlaub geplant. Am Samstag ging es schon los. Ich verabredete mich mit Mina und ich schlief bei ihr. Ich packte meinen Koffer und fuhr zu Mina.

Als ich angekommen bin, erwartete mich schon an der Tür Mina. Sie freute sich sehr und sagt: „Ich freue mich, dass du gekommen bist.“ „Ja!“, sagte ich. „Komm rein und stell doch schon mal deinen Koffer ab, schließlich geht es ja morgen früh um halb fünf nach Italien!“, rief sie. Also setzte ich mich auf die Couch und Mina fragte mich, ob ich einen Kaffee wollte. Ich sagte: „Nein danke. Aber ein Wasser wäre nicht verkehrt, vielleicht aus dem Kühlschrank!“ „Aber klar doch“, sagte sie.

Wir unterhielten uns und plötzlich kam mir eine Frage an Mina. Ich fragte: „Wenn du Lust hast, wollen wir dann etwas zum Abendessen bestellen?" „Oh ja!", rief sie. „Ich habe nämlich großen Hunger, du auch?" „Und wie ich auch. Lass uns doch beim Pizza Blitz Müllers etwas bestellen. Ich kenne ihn und er ist sehr gut." Ich holte die Bestellkarte und suchte mir aus, was ich haben wollte.

Nachdem wir gegessen haben, sind wir ins Bett gegangen, weil wir schon um zwei Uhr aufstehen mussten. „Äh, denkst du bitte dran einen Wecker zu stellen?", fragte mich Mina. „Aber natürlich. Sonst kommen wir nicht aus dem Bett heute Nacht, denn wir wollen ja noch in den Urlaub fliegen und schließlich nicht unseren Flug verpassen." Also stellte ich uns den Wecker auf zwei Uhr. „Gute Nacht, Mina!" „Gute Nacht."

Jetzt klingelte der Wecker. „Aufstehen, Mina!" „Ich bin noch sooo müde", jammerte sie. Schließlich mussten wir schon um kurz vor vier am Check-In-Schalter sein. Wir fuhren los. Mindestens wären wir zwei und eine halbe Stunde unterwegs.

Als wir angekommen sind, haben wir die Koffer eingecheckt und unsere Sitzplätze angeguckt.

„Mina, auf welchem Sitzplatz sitzt du denn im Flugzeug?“ „Ich sitze auf Sitzplatz Nummer 11 und du?“ „Ich bin auf Sitzplatz 13.“ Wir mussten noch eine halbe Stunde am Gate warten. Nun heißt es für alle einsteigen.

Der Pilot begrüßte seine Gäste über die Mikrofonanlage. Wir rollen los. „Wow, es geht schon los?“, fragte Mina. „Ja, es geht los“, sagte ich. Nun flogen wir zwei Stunden. Alle machten sich für den Landeanflug bereit. Sie schnallten sich wieder an, klappten die Tische hoch, schalteten die Geräte aus. Als wir aus dem Flugzeug ausstiegen, gingen Mina und ich unsere Koffer holen.

Danach gingen wir in den Bus. Wir kamen an unserer Ferienwohnung an. „Oh, sehr schön!“, rief Mina. „Oh, ja“, sagte ich auch. Mina holte den Schlüssel und schloss auf. Wir gingen in die Ferienwohnung rein und gucken sie uns an. Später packten wir unsere Koffer aus und stellten sie in den Flur.

Als wir alles eingeräumt hatten, gingen wir noch zusammen einkaufen. Es war zum Glück nicht so weit, deswegen ging es sehr schnell. Nachdem wir eingekauft haben und alle Sachen in unserer Ferienwohnung mühsam in den Kühlschrank getan hatten, beschloss Mina, dass wir heute uns an den Strand legen, denn es war sehr schönes und sonniges Wetter, und es waren keine Wolken am Himmel zu sehen.

Also holten wir unsere Sonnenmilch und cremten uns dick ein. Ich packte unsere Handtücher und Strandtücher ein. Mina sagte: „Komm! Ich nehme die schwere Badetasche." Wir gingen los. „Äh, du Mina. Könntest du uns noch eine Strandliege holen und aufbauen und noch zwei Sonnenschirme?", fragte ich. „So, da habe ich die Liege und den Sonnenschirm." „Mina, mir ist viel viel viel viel viel viel zu heiß!", jammerte ich. „Ja, ja. Ich mach ja schon!", meckerte Mina. „So, die Liegen und die Sonnenschirme wären aufgebaut.", kündigte Mina an.

Frau Steinmeier, 12 Jahre

Ein Coronaverdachtsfall hatte die Kinder aus der Stotz-Klasse von den ersten beiden Workshoptagen ferngehalten. Aber danach legten sie richtig los mit Farbe, Fantasie und vielen wilden Helden, wie unsere zweite Gemeinschaftsgeschichte rund um eben jene beweist:

Die Marmeladenkatastrophe in der Lagune

Es war einmal vor langer Zeit an einem stillen ruhigen Morgen in der Lagune. Dort erwachte die Meerjungfrau Luna und frühstückte ein dickes fettes Seetangbrot mit Marmelade. Danach ging es in den Tanzraum. Dort tanzte sie mit ihrem besten Freund, dem Transgenderseepferdchen Hermine Maxine Mystery zwei Stunden lang Ballett.

Plötzlich wackelte der Seeboden.

„Hilfe, ich hab Angst!", rief Luna.

„Ich auch", rief Hermine Maxine Mystery, „was ist das bloß?" Das Seepferdchen klammerte sich an Luna fest.

„Weine nicht", sagte Luna, die sich wieder gefasst hatte. „Das war doch nur ein Vulkanausbruch. Das beruhigt sich bestimmt gleich wieder, und der spuckt eh nur Marmelade."

Aber es wurde nicht besser. Die Marmelade fetzte überall herum und bespritzte alles. Obendrein wackelten die Wände des Meerespalastes, und die beiden Freunde versuchten, so schnell wie möglich ins Freie zu kommen und nicht an der Himbeermarmelade kleben zu bleiben.

Doch das war gar nicht so einfach, denn alle Sachen von Luna flogen bereits in der Gegend herum – ihr Bett, ihre Kommode, ihr Schminktisch, die wasserfeste Schminke und alles andere auch. Alle Dinge, groß und klein, lang und dünn, dick und weich, alles, alles, alles. Die beiden kämpften sich durch alles hindurch.

Mit viel Mühe schafften sie es, aber als sie endlich draußen waren und in den Vulkanausbruchschutzraum wollten, stürzte etwas Längliches von oben auf sie herab, und Luna wurde am Kopf getroffen.

„Oh nein", rief das Seepferdchen, und wäre auch beinahe getroffen worden. Aber es fing den Gegenstand auf – und es war Lunas Zauberstab.

Hermine überlegte. Was sagte Luna immer? Hermine wusste es nicht. Was, wenn es sich einen eigenen Seepferdchenzauberspruch ausdachte? Es überlegte, räusperte sich, schwang den Stab und rief:

„Abrakadabra Marmeladenglas, Vulkanlava hinweg, Möbel zurück, Wände am Stück, was für ein Glück!"

Und so geschah es auch. Alles stand wieder da, wo es hingehörte. Und so wunderte sich Luna, als sie kurz darauf wieder die Augen aufschlug und sich draußen vor dem Palast wiederfand: „Hermine, ich hatte einen echt wilden Traum mit einem Marmeladenvulkanausbruch, du glaubst es kaum."

„Doch", sagte Hermine, und gab der Freundin den Zauberstab zurück, „ich glaub's."

Ende

Gemeinschaftsgeschichte
mit den Held*innen der Stotz-Klasse,
verwoben und zusammengezaubert
von Mischa, 55 Jahre, Essen

Nachdem im April Held*innen- und Geschichtenerfinden im Zentrum gestanden hatte, ging's im Mai an unser Thema „Was bin ich, wenn alle anders sind?" Von unseren echten und vermeintlichen körperlichen Besonderheiten über persönliche Vorlieben und Fähigkeiten ausgehend nahmen wir uns all das vor, was jeden Einzelnen im besten Fall besonders und im schlechten zur Zielscheibe macht. So entstanden aus Rede und Gegenrede eine Reihe teils recht böser und schwarzhumoriger Raps und Songs, bei deren Vertonung uns Musiker Russel Poyner mit seiner Gitarre half:

Sophies Song

Ich bin eine Tierliebhaberin und Backkünstlerin
und eine gute Schwimmerin.
– Ach, du Angeberin!

Schiefe Zähne, dicke Beine, dicker Bauch, aber
eine Freundin – immerhin.
– Du gute Freundin? Dass ich nicht lache!

Lange schöne Wimpern habe ich und eine Make-
Up-Stylistin bin ich auch.
– Auch das stimmt gar nicht.

Schönes dickes langes Haar und schöne
Fingernägel habe ich auch. Und das ist klar.
– Nee, das kann nicht sein. Ach, hör doch auf,
du Lügnerin!

Alles, was hier oben steht, das ist wahr!
– Das glaube ich nicht und wer das glaubt, ist
nicht ganz klar.

Sophie, 11 Jahre

Die Beleidigung

Hallo, ich heiße Emil.
– Dein Name ist scheiße.

Und sammle Baustellenschilder.
– Die sehen billig aus.

Ich baue gerne.
– Du baust eh nur wie ein hirnloser Blödmann.

Ich verwechsle manchmal rechts und links.
– Du hast keine Ahnung wo rechts, wo links ist.

Ich sage KATASTROPHE.
– Du mit deiner dummen Katastrophe.

Ich habe einen Bauch.
– Du hast einen fetten Bauch.

Und ich habe schöne Haare.
– Und hast hässliche Haare.

Die Leute fragen mich nach dem Weg.
– Du doofes Schwein! Du weißt eh nicht den Weg.

Emil, 12 Jahre

Aber wie Straßenschilder aussehen, weiß Emil allemal.

Samis Song

Sami, du bist ein Angeber!
– Evet doru.

Sami, du bist der coolste Fußballspieler!
– Evet simin yuyarda

Sami, guten Schuss geschossen!
– Sen kücük sin toba wura.

Sami, der Ball ist auf der einen Seite und du bist
auf der anderen Seite.
– Tob biyerde sen biyerde
– Tob asla wura ma sin.

Mahmud-Sami, 12 Jahre

… und hier für alle, die kein Türkisch lesen und verstehen können, die Übersetzung von Samis tollem Rap, der obendrein perfekt ins EM-Jahr 2021 passt:

Samis Song

Sami, du bist ein Angeber!
– Ja richtig.

Sami, du bist der coolste Fußballspieler!
– Ich will mit dir spielen.

Sami, guten Schuss geschossen!
– Guten Schuss geschossen!

Sami, der Ball ist auf der einen Seite und du bist auf der anderen Seite.
– Der Ball ist auf der einen Seite und du bist auf der anderen Seite.
– Du kannst niemals schießen.

Mahmud-Sami, 12 Jahre

Frau Steinmeiers Song

Alle sagen: „Du hast aber schöne Haare!"
– Deine Haare sehen aus wie ein Vogelnest!

Meine Lieblingssprüche sind: „Ende, Gelände" und „Aus, die Maus, Micky Maus" und „Jesses Maria".
– Deine Sprüche benutzt man im Kindergarten.

An der Welt sollte sich ändern: der Klimawandel.
– Du und Klimawandel! Du siehst ja nicht, wo der Müll liegt!

Ich hasse zuhören im Unterricht und beim Schreiben, wenn wir eine Geschichte schreiben sollen. Immer dieses Nachdenken!
– Du und im Unterricht zuhören. Du schwänzt doch bestimmt die Schule!

Ich kann sehr gut Klavier spielen.
– Dein Klavierspiel hört sich an, als ob eine Katze sterben würde!

Ach, das ist doch Quatsch. Die blöde Katze will vielleicht in deinem Traum sterben, aber nicht in Wirklichkeit.
– Nein, es hört sich wirklich so an.

Ich erkenne jeden Ton.
– Du erkennst gar keinen Ton! Du bist doch echt taub!

Ich staubsauge sehr gerne.
– Ja, das tue ich auch sehr gern.

Frau Steinmeier, 12 Jahre

Echter Jungsstreit

Ich mag meine Zähne.
– Olchi

Ich bin fast immer wütend.
– Scheiße!

Ich mag meinen Daumen nicht.
– Dumm!

Behindert darf man nicht als
– LOL

Schimpfwort sagen.
– Stohi

Scheiße darf man nicht sagen.
– Dumm

Mist sagt man nicht.

Florian, 11 Jahre

Natürlich gab es während unserer Workshoptage im Mai immer wieder Zeit fürs freie Schreiben und Malen und damit Raum, um der Kreativität freien Lauf zu lassen.

Frank Böhmes Geschichte ist dabei ein tolles Beispiel, wie Fantastisches und Realistisches eine Verbindung eingehen können:

Die Blume

Das erste Kapitel, in dem alles anfängt

Es war einmal vor langer Zeit eine Blume. Die Blume heißt Mila. Sie hat eine andere Blume getroffen. Die Blume heißt Maxi. Die beiden haben sich entschieden, Essen zu gehen. Sie sind fleischfressende Pflanzen. Sie haben Lust auf Blumenerde und auf eine Cola.

„Sollen wir eine Villa kaufen?", fragt Maxi.

„Ja, können wir machen, Maxi", sagt Mila.

Und sie gehen arbeiten bei Flops Firma, denn da kann man sehr viel Kohle verdienen.

Und so sieht die Geschichte „Die Blume" in Florians Zeichnungen aus.

Das zweite Kapitel, in dem sie ein Haus kaufen

Sie gehen arbeiten bei Flops Firma. Sie müssen LKWs beladen mit Dynamit und radioaktivem Gift. Sie verdienen rund 1000000000,569599$ und kaufen sich eine Villa.

3. Kapitel: Die Villa

Die Villa ist groß und hat einen Pool. Die Villa hat ein Bett und die beiden haben Kinder. Die beiden heißen Maria und Marvin und sie haben einen Hund. Der Hund heißt Limettensaft.

Die beiden gehen in den Supermarkt. Sie streiten, denn der Maxi wollte Oliven kaufen, aber Mila wollte keine Oliven.

Das letzte Kapitel: Die Scheidung

Eines Tages gab es Streit und die beiden gehen zum Blumen-Scheidungs-Amt. Wenn sie sich geschieden haben, dann sind sie nicht mehr zusammen.

Ende

Frank Böhme, 11 Jahre

Ebenfalls ziemlich fantastisch ist Emilys Geschichte:

Es war einmal ein Einhorn

Es war einmal ein Einhorn. Morgens ist es aufgewacht. Es hat sich ein Marmeladenbrot geschmiert. Das Einhorn hieß Sophia. Dann ging es raus auf den Spielplatz und traf dort eine neue Freundin. Es war eine Fee, die Lilli hieß.

Sie haben schöne Sachen erlebt auf dem Spielplatz. Danach nahm sie sie mit zu ihrem Haus im Wald zu ihren Eltern, zu Paul und zu Marie. Die waren auch Einhörner. Die Eltern haben sich sehr gefreut, dass sie endlich eine Freundin hatte. Denn sie waren gerade erst in das Haus im Wald eingezogen. Es war ein Wald für Elfen, Einhörner und Meerjungfrauen. Die Fee dachte, dass Meerjungfrauen am Land leben.

Lilli sagte zu Sophia: „Leben bei euch die Meerjungfrauen am Land?"

Sophia sagte: „Nein, die leben am Wasser. Wir

Die fantastischen Akteure aus Emilys Geschichte

haben nämlich einen Zauberteich, der bis zu 100 m tief ist."

Lilli fragt: „Können wir da hingehen?"

„Ja", sagte Lilli, „ich wollte schon immer Meerjungfrauen sehen. In meinem alten Zuhause gab es keine Meerjungfrauen, nur gemeine Zwerge. Die Zwerge haben mich auch geschubst."

Da sagte Sophia: „Oh, das tut mir leid für dich!" „Können wir jetzt endlich zum Teich gehen?", fragte Lilli. „Ja", sagte Sophia, „pack lieber deine Badesachen ein, wir gehen nämlich schwimmen. Und danach pflücken wir noch Trauben."

Später waren sie am Teich angekommen. Es war niemand zu sehen. Lilli sagt: „Wo sind denn die Meerjungfrauen?"

„Wir ziehen unsere Badesachen an", sagte Sophia. „Und wir gucken auf dem Boden im Teich, ob sie da sind." Sie springen ins Wasser.

Lilli fragte: „Warum kann ich denn im Wasser sprechen?"

Sophia sagte: „Das ist ein Zaubersee!" Und dann sah Sophia eine Meerjungfrau, die zitterte. „Warum zitterst du denn?", fragte Sophia.

„Die Zwerge waren da!", sagte die Meerjungfrau. Und da sahen sie auch die anderen Meerjungfrauen. „Achtung! Da kommt ein Zwerg!", sagte eine andere Meerjungfrau. Da sind alle zur Seite gesprungen. Der Zwerg landete in der Mitte auf dem Boden und verletzte sich sein Knie. Die anderen waren noch nicht beruhigt. Und eine Meerjungfrau weinte sogar, weil die Zwerge so gemein sind. Sophia tröstete die Meerjungfrau. „Es ist nicht so schlimm. Wir halten die Zwerge auf."

Da kamen alle Zwerge. Sie griffen die Meerjungfrauen an. Die Fee und das Einhorn verteidigten die Meerjungfrauen. Die Zwerge schwammen panisch nach oben und liefen in ihren Wald. Da freuten sich die Meerjungfrauen. Sie jubelten, dass sie mit Lilli und Sophia gesiegt hatten.

Lilli und Sophia schwammen wieder nach oben. Sie trockneten sich ab, zogen ihre Kleider wieder an und gingen jede wieder nach Hause. Sie aßen Abendessen.

Lilli hat mit ihren Eltern Spaghetti Bolognese gegessen. Sophia hat mit ihren Eltern die Pizzareste

Achtung, jetzt wird's gefährlich – so lebendig, wie Emily schreibt und Florian zeichnet!

von gestern gegessen. Dann ist Sophia ins Bad gegangen und hat ihre Zähne geputzt. Sie ging ins Bett, hat geschlafen und von ihren Freundinnen, den Meerjungfrauen und den Zwergen geträumt. Als sie am nächsten Tag aufgewacht war, hat sie sich gefragt, ob das ein Traum war oder in echt. Sie drehte sich zum Fenster, um zu gucken, ob es draußen schön ist. Am Fenster aber stand ein Zwerg. Sie fällt aus dem Bett, und schreit: „AHHHHH! Ein Zwerg! Mein Traum ist in echt passiert!"

Die Zwerge kommen wieder, um sich zu rächen. Sie machen die Häuser kaputt. Da brannte ein Haus. Lilli und Sophia versuchen, die Zwerge zu schlagen, aber Lilli wurde geschlagen, auf die Nase. „Aua", schrie sie. Sie blutet, sie gibt nicht auf. Sie macht weiter. „Ah, ah!"

Das Feuer geht nicht weg. Sophia sagt: „Da hilft nur eins. Das Meerjungfrauen-Glitzer-Wasser aus dem Brunnen." Sophia hat das Glitzer-Wasser geholt und das Wasser hilft, das Feuer zu löschen.

Die Zwerge gucken komisch, weil Sophia das Feuer gelöscht hat. Die Zwerge probieren noch mal Feuer zu machen. Sie schaffen es nicht. Sie probieren es bei allen Häusern. Es klappt nicht.

Sophia sagt: „Das war Zauberwasser. Da kann man kein Feuer machen."

Die Zwerge sagen: „Wir werden uns noch sehen." Dann gehen sie weg.

„Geschafft!", sagt Sophia und Lilli und die Lieben bauen die Häuser wieder auf. Und bei den Meerjungfrauen auch. Die Meerjungfrauen haben viel zu tun, da kommen Sophia und Lilli. Eine Meerjungfrau sagt: „Da seid ihr ja!"

„Wir wollen euch helfen", sagt Sophia.

„Was gibt es noch?", sagt Lilli. „Das Schloss putzen. Wir kommen nicht ran."

„Ja, machen wir. Ich kann das gut", sagt Lilli. „Ich auch", sagt Sophia. Sie haben es gemacht. Eine Meerjungfrau hat gesagt: „Wollt ihr ein Eis?" „Au ja!" „Dann hier bitte." Lecker. Die anderen essen auch ein Eis.

Ende gut. Alles gut.

Emily, 11 Jahre

Auf eine Jagd ganz anderer Art hat sich dagegen Mahmud-Sami gemacht:

Pokémon Go

Ich bin mit meinem Handy Pokémon fangen gegangen.

Da ist ja schon der erste Pokémon Akadi, und dann versuche ich es zu fangen. Und ich habe Akadi gefangen. Aber das Ziel ist es, Miyutu zu fangen. Aber ich muss ihn zuerst in einer Arena besiegen. Es ist sehr stark. Ich brauche starke Pokémons. Da ist ein Glurak. Ich will es fangen. Ich werfe einen Superball, aber es flüchtet beim ersten Ball und ich bin bisschen traurig. Aber da ist ein Dragoran Pokéball. Ich hab Dragoran gefangen.

Um in der Arena zu kämpfen, braucht man sechs Pokémons. Ich brauche noch vier Pokémons. Oh, da ist ein Shiny Nidoking Pokéball. Ja, ich habe das Nidoking gefangen und mir fehlen noch drei Pokémon.

Ich gehe den Rhein entlang, um ein Wasserpokémon zu finden. Da ist ein Shiny Garados. Ich werfe einen Hyperball und fange das Shiny Garados. Und ich habe zwei Scheroxs gefangen.

Ich kämpfe gegen Miyutu, und ich habe Miyutu besiegt. Ich habe sechs Versuche, um ihn zu fangen. Mit dem dritten Superball habe ich ihn gefangen.

Mahmud-Sami, 12 Jahre

In Aleas Geschichte dagegen dreht sich alles um die Liebe – und auch um Freundschaft:

Die verliebte Zeit

Es waren einmal zwei Mädchen, die hießen Anna und Eda. Sie waren in dem gleichen Kindergarten. Als sie in die Schule gekommen sind, war da ein neuer Schüler. Er hieß Ledion. Sie waren beide in den neuen Schüler verliebt. Zum Glück war er in der gleichen Klasse. In der Klasse von Anna und Eda war auch Nick. Er versuchte den beiden Mädchen Tipps zu geben, damit Ledion sich auch in beide verliebt.

1. Wenn Ledion sich was wünscht, dann sollen sie ihm den Wunsch erfüllen.
2. Sie sind immer nett zu ihm und bedienen ihn.
3. Sie helfen ihm bei den Hausaufgaben.

Anna und Eda haben Nick die Tipps aber nicht geglaubt. Ledion hatte ein Geheimnis, das die Mäd-

Die Hauptfiguren, gezeichnet von Alea

chen aber nicht wussten. Doch eines Tages war das Geheimnis gelüftet. Ledion erzählte es den beiden Mädchen: Er war nämlich auch in die beiden verliebt, aber er hatte eine andere Freundin, und die wollte nicht, dass er mit den beiden Mädchen befreundet ist. Da hat der Junge die andere Freundin immer angeschimpft, damit sie mit ihm keine Freundschaft mehr hat. Dann ist der Junge in die Nachbarschaft der beiden Mädels gezogen. Die Mädchen freuten sich und spielten immer mit ihm.

ENDE (ein bisschen von der Geschichte ist wirklich passiert)

Alea, 10 Jahre

Ganz und gar realistisch, aber dennoch erfunden, ist Sophies Geschichte:

Wichteln mit der Welsch-Klasse

Am letzten Schultag vor den Weihnachtsferien in der Welsch-Klasse. Frau Welsch möchte Wichteln mit ihrer Klasse, in der Ege, Mina, Paale, Louisa, Sophie drin sind, und sie selbst als Klassenlehrerin.

Frau Welsch möchte außerdem vor den Ferien ein Weihnachtsfrühstück machen. Beim Frühstück gab es Brot, Brötchen, vegane Wurst und veganen Käse, Butter und Eier von dem Aldi.

Alle helfen mit bei den Vorbereitungen fürs Frühstück. Als Ege die Eier zum Eierkocher bringt, fallen die Eier auf den Boden. „Die Eier sind hin", sagt Sophie. Aber das ist nicht schlimm. Frau Welsch macht schnell alles sauber. Dann frühstücken alle am Gruppentisch. Alle sind fertig geworden mit dem Frühstück und wollen aufräumen, aber da klingelt es zur großen Pause. Nach der Pause wird erstmal aufgeräumt.

Jetzt gibt es die Wichtelgeschenke. Mina fängt an und zieht ihr Päckchen. Sie packt es aus, und da ist ein Kuscheltier mit einer Tafel Schokolade drin. Mina tippt, dass Paale das Geschenk gemacht hat. Das hat er aber nicht. Mina tippt noch einmal. Sie tippt, dass Ege es war. Das stimmt. Ege war es.

Ege zieht das nächste Geschenk. Er kriegt eine silberne Kette und auf einmal fliegt die Silberkette auf den Boden. Ege hebt die Kette auf, und da geht die Silberkette kaputt. Aber Ege hat sich über das Geschenk gefreut und tippt trotzdem noch, wer das Geschenk gemacht hat. Er schätzt, dass Sophie ihm das Geschenk gemacht hat, und es stimmt. Sophie war es.

Sophie ist dran mit dem Geschenk. Sie hat ein Beauty Set gekriegt. Sophie schätzt, dass Frau Welsch das Geschenk Sophie geschenkt hat, und das stimmt.

Frau Welsch zog sich ein Geschenk und es war ein Teespender. Den hat Louisa Frau Welsch geschenkt. Nun zieht Louisa das nächste Geschenk.

Sophies Wichtelbilder - farbenfroh und ausdrucks-stark

Louisa kriegt ein Bilderbuch mit Zootieren geschenkt. Das war wohl Paale.

Als letzter zog Paale ein Geschenk und das war ein Straßenschild. Das Straßenschild fällt auf Paales Fuß, und das war keins aus Pappmaschee oder Pappe. Das war ein echtes Straßenschild von der Straße. Paales Fuß ist sehr blau und rot. Frau Welsch holt schnell einen Kühlakku, um Paales Fuß zu kühlen. Während Frau Welsch den Kühlakku holt, tippt Paale, wer ihm das Geschenk gemacht hat: Das war Sophie und es stimmt.

Dann war Schulschluss und alle fuhren nach Hause.

Ende

Sophie, 11 Jahre

Inspiriert von den starken Dialogen in Songs und Geschichten sowie unserer gemeinsamen Beschäftigung mit Diversität und Diskriminierung, machten wir uns daran, all die Ideen und Überlegungen, all die Erfahrungen und Wünsche zusammenzubringen und gemeinsam ein Theaterstück live zu erarbeiten.

Der Zukunftskongress der Kinder & Jugendlichen

Die Personen/Delegierten:

Vertreter für die Baubranche ______________ Emil

Vertreter für Behindertenrechte__________ Florian

Vertreterin für die Fantasie ______________ Emily

Vertreter für das Recht auf

Freizeit, Sport und Spiel ________ Mahmud-Sami

Vertreter Genussmittel (Kaffee :-)) _________Jan

Vertreterin für Klima und

Umwelt_______________________ Fr. Steinmeier

Vertreterin der Liebe ____________________ Alea

Vertreter aller Muslime ____ Türkiye_Denizli_20
Vertreter der Online-User _______ Frank Böhme
Vertreterin für die
Kinderrechte_____________ Oserjemery Elise
Vertreterin der Schönheit und aller
Hässlichen _______________________ Sophie
Vertreter*in der Transgender/sexuelle
Selbstbestimmung ________________ Laurel

Moderatorin _______________________ Mischa
Lehrerin _______________________ Fr. Welsch

Die Bühne besteht aus dem Ort, an dem sich der Zukunftskongress der Kinder und Jugendlichen versammelt. Hier haben alle Delegierten ihren eigenen Sitzplatz – vorzugsweise im Halbrund. Davor gibt es ein Rednerpult.

Das Stück beginnt, indem alle Delegierten sich zu ihren Plätzen begeben. Einige betreten den Ort in Grüppchen, die miteinander diskutieren, andere kommen allein und für sich hier an. Manche von diesen schweigen, andere starren auf die Notizen ihrer vorbereiteten Rede und gehen murmelnd ihre Argumente durch.

Die Moderatorin tritt ans Rednerpult:

Moderatorin:
Hochverehrte Delegierte, endlich ist Corona vorbei, und ich freue mich, Euch alle zu unserem Zukunftskongress der Jugend zu begrüßen. Heute werden wir zwölf wichtige Projekte, Eure Herzensanliegen, kennenlernen und gemeinsam entscheiden, welche drei als erste umgesetzt werden. Seid also überzeugend – und hört einander zu. Ich werde die Vortragenden aufrufen und zwischen den Vorträgen das Plenum für Fragen öffnen. Ihr werdet also alle stets wissen, wann Ihr dran seid.

Die erste, die ich bitten möchte, ihre Argumente vorzutragen, ist die Vertreterin für Klima und Umwelt.

Die Vertreterin für Klima und Umwelt (Klima) tritt unter Applaus der anderen auf.

Klima:

Meine Damen und Herren, ich begrüße Sie ganz herzlich zu unserer Versammlung. Nun möchte ich auch schon anfangen und beginne mit dem ersten Punkt: Plastik.

Es wird viel zu viel Plastik in Einkaufsgeschäften benutzt. Die Leute schmeißen noch immer den Müll ins Meer. Ich möchte Sie bitten, dies nicht zu tun.

Punkt zwei sind die Fahrzeuge. Wenn Sie ein Geschäft gleich um die Ecke haben, bitte ich Sie, nicht mit dem Auto zu fahren, sondern das Fahrrad zu nehmen oder nicht zu faul zu sein und zu Fuß zu gehen.

Außerdem haben wir noch das Thema Strom. Es gibt immer wieder Leute, die zu viel Strom verbrauchen. Ich möchte Sie bitten, das nicht mehr zu tun, weil das wichtig für uns alle und die Umwelt ist.

Nun möchte ich mich ganz herzlich bei Ihnen bedanken und bitte um einen großen Applaus. Tschüss und auf Wiedersehen!

Sie geht unter Applaus ab.

Moderatorin:
Herzlichen Dank für diesen ersten, klugen Beitrag und die Argumente, warum wir das Thema Umwelt unterstützen sollten. Hat noch jemand von Ihnen an die Vertreterin für Umwelt und Klima eine Frage? – Nein? Dann scheint soweit alles klar. – Und ich rufe nun die Vertreterin der Fantasie und der Fantasiewesen ans Rednerpult.

Also, liebe Vertreterin für die Fantasie, warum ist die Fantasie so wichtig für uns alle?

Die Vertreterin der Fantasie (Fantasie) tritt unter Applaus auf.

Fantasie:
Ohne Fantasie geht es uns nicht so gut. Man kann nicht schlafen und hat Albträume. Die Fantasie ist wichtig, weil die Kinder sonst nicht träumen können.

Moderatorin:

Nicht mehr träumen zu können, wäre ja wirklich zu traurig. – Was ist denn dein Lieblingsfantasiegeschöpf, und warum sollten wir das auch alle kennen?

Fantasie:

Also so etwas wie Meerjungfrauen und Hexen? (sie überlegt) Nein, einen Liebling habe ich nicht. Für mich sind sie alle gleich. Ich weiß, es gibt sie alle nicht wirklich, aber man kann mit ihnen und der Fantasie in eine andere Welt gehen. Und die Welt ist nicht so langweilig dank Fantasie, weil es immer etwas Neues gibt, das wir noch nicht kennen.

Moderatorin:

Das ist ein wichtiges Argument, denn für uns alle gibt es Dinge, die wir noch nicht kennen, und die Fantasie kann uns also darauf vorbereiten, uns sogar helfen, Neues zu erfinden, was es eben noch nicht gibt. Ich hoffe, Ihr alle hattet Fantasie genug, der Fantasie zuzuhören und zu folgen. Wenn Ihr noch Fragen an die Fantasie habt, dann her damit, ansonsten bitte ich um einen großen Applaus.

Großer Applaus im Publikum.

Moderatorin:
Als nächstes ... kommt etwas besonders Schönes, nämlich die Vertreterin der Liebe. Ich übergebe nun die Bühne, damit die Vertreterin der Liebe uns erzählen kann, warum die Liebe so wichtig für uns alle ist.

Die Vertreterin der Liebe (Liebe) tritt auf.

Liebe:
Wenn es keine Liebe gibt, gibt es keine Kinder.
Keine Jobs.
Keine Freunde.
Keiner tröstet.
Das wäre eine sehr traurige Welt. (Applaus)

Moderatorin:
Sehr wichtig. – Oh, dort hat jemand wichtige Argumente wegfliegen lassen. – Und da hinten ist noch eine Frage an die Liebe.

Fantasie:
Was soll das denn heißen, keine Kinder?

Liebe:
Es kann keine Kinder geben, wenn Frau und Mann sich nicht lieben.

Moderatorin:
Ein gutes Argument, liebe Vertreterin der Liebe.

Die Liebe geht unter Applaus ab.

Moderatorin:
Nach einer gewichtigen Sache gefolgt von zwei sehr schönen Dingen, dachte ich mir, wird es jetzt Zeit für einen richtigen Kaffeekick. Ich rufe also den Vertreter für alle Genussmittel und vor allem für Kaffee auf die Bühne, damit er uns erzählt, warum der Kaffee und die Genussmittel genauso wichtig für uns sind wie die Liebe, die Fantasie und die Umwelt.

Der Vertreter für Genussmittel (Genuss) tritt auf.

Genuss:

Ohne Kaffee kann ich nicht arbeiten, wenn ich morgens so müde bin.

Jeder bekommt vom Staat eine Tasse Kaffee pro Tag. Denn auch Lehrer und Schüler können ohne Kaffee nicht arbeiten.

Ich setze mich sehr ein für Genussmittel, die weder dick noch abhängig machen.

Lehrerin:

Was ist denn mit Genussmitteln, die dick und abhängig machen?

Genuss:

Die werden verboten.

Lehrerin:

Ah, dann applaudiere ich doch mal!

Moderatorin:

Als Moderatorin dieser Konferenz habe ich noch eine Nachfrage: Ich nehme an, Tee ist nicht verboten?

Genuss:

Nein.

Moderatorin:

Oh, das beruhigt mich sehr, da kann ich gleich noch einen Schluck von meinem Tee nehmen.

Genuss:

Nur der Kamillentee. Der wird verboten.

Moderatorin:

Nie wieder Kamillentee! Das ist ja auch mal was! Danke!

Online-User:(ruft ins Plenum)

Nein, Kamillentee ist wichtig!

Moderatorin:

Wenn das so ist, musst du gleich auch noch für Kamillentee streiten, wenn du dran bist. Und ich muss auf meinen schlauen Zettel schauen: Aha – nachdem wir nun alle so schön wach sind, kommt die Schönheit! Die Vertreterin der Schönheit wird uns allen, auch den Hässlichen, erzählen, warum Schönheit nicht nur außen ist und ganz wichtig für uns alle. Bühne frei für die Schönheit!

Die Vertreterin für Schönheit und alle Hässlichen (Schönheit) tritt auf und legt sogleich los.

Schönheit:

Ich fordere vegane und kostenlose Schminke für alle.

Biologische und nicht-chemikalische Schminke für große und kleine Leute.

Schminke gegen Mobbing für große und kleine Leute.

Schönheit kommt von innen und nicht von außen. (Applaus)

Moderatorin:

Möchte jemand eine Frage an die Schönheit stellen? Nein? Die Schönheit war also an sich überzeugend. Aber was hätte man auch sonst von der Schönheit erwartet.

Die Schönheit endete zudem sehr passend mit den inneren Werten, damit haben wir eine gute Überleitung zum Glauben. Ich rufe nun den Vertreter aller Muslime zu uns auf die Bühne.

Der Vertreter aller Muslime (Islam) tritt auf.

Islam:
Wichtig für alle Muslime ist die Hilfsbereitschaft. Muslime sollen zum Beispiel immer Geld für arme Leute geben. Sie sollen sich an Regeln halten, an Allah glauben, beten und fasten. Sie sollen den Koran lesen, nicht rauchen und nicht in Bars gehen, weil Allah das gesagt hat. Muslimische Frauen sollen Kopftuch tragen.

Muslime sollen fünf mal am Tag beten, weil das auch im Koran steht. Sie sollen nicht Ostern und Weihnachten feiern, ich denke, das gehört zu anderen Religionen wie den Christen.

Moderatorin:
Dann hätte ich noch eine Frage an den Vertreter aller Muslime, wenn ich darf: Aber die anderen

dürfen doch Ostern und Weihnachten und solche Feste feiern?

Islam:

Bei den Christen weiß ich das, bei anderen Religionen nicht, da ist das anders.

Moderatorin:

Stimmt, das ist bei allen immer anders. Aber das heißt, du würdest den anderen nicht verbieten wollen, ihre Feste zu feiern.

Islam:

Nein, das würde ich nicht.

Moderatorin:

Haben die anderen noch Fragen? – Ansonsten sage ich dir herzlichen Dank für einen guten und informativen Vortrag. (Applaus) Ich schaue wieder auf meinen Zettel und stelle fest, ich hätte doch die Brille aufsetzen sollen. Aber – oh ja, es geht weiter mit dem Betre – nein: mit dem Vertreter für die Behindertenrechte, nicht dem Betreter für die Verhindertenrechte, ohne meine Brille bin ich wirklich verhindert oder vielmehr verloren. Einen großen Applaus für den Vertreter der Behindertenrechte also!

Der Vertreter für die Behindertenrechte (Behinderte) tritt auf.

Behinderte:
Behinderte sind Menschen.
Sie brauchen Hilfe.
Sie haben ihre eigenen Rechte.
Sie dürfen auch entscheiden.
Sie brauchen Freunde. (Applaus)

Moderatorin:
Wie wahr. Möchte noch jemand den Vertreter der Behindertenrechte etwas fragen? – Nein? – Dann danke ich dir recht herzlich für den Beitrag und kann nur noch mal unterstreichen: Freunde braucht wirklich jeder, ganz gleich, welche Meinung er hier vertritt oder welches Projekt auf der Bühne. Und Freunde finde ich auch ein gutes

Stichwort für den Vertreter von Freizeit, Sport und Spiel, den ich jetzt auf die Bühne bitten möchte, damit er uns erzählt, warum das wichtig ist und nicht nur unwichtige Nebensachen.

Der Vertreter für das Recht auf Freizeit, Sport und Spiel (Freizeit) tritt auf.

Freizeit:
Man muss beim Spielen Spaß haben.
Sport ist gesund. Sport macht dünner.
Man muss was anderes machen, denn das Gehirn braucht Abwechslung.
Okay. (Applaus)

Moderatorin:
Sehr gut! (mehr Applaus) Jetzt kommen wir zu einem Beitrag, auf den ich mich die ganze Zeit schon freue – nämlich zu dem der Vertretung der Transgenderrechte, die ich nun auf die Bühne bitte! – Bitte einen großen Willkommensapplaus für den/die Vertreter*in der Transgenderrechte, denn ich glaube, dieser Auftritt braucht noch etwas Zeit.

Inzwischen ist der/die Vertreter*in aller Transgender (Transgender) zwar aufgetreten, kämpft aber noch mit dem eigenen Kostüm. Es gibt großen Applaus und vereinzelte Rufe aus dem Publikum.

Transgender:
Also ich bin die Vertreterin für – (sucht nach Worten)

Moderatorin:
Transgender

Transgender:
Ah, Transgenderunterricht. Ich bin die Vertreterin –

Moderatorin:
Transgenderrechte, nicht Transgenderunterricht.

Transgender:
Ja, natürlich. Also, mein erstes Thema wäre die Gleichgerechtigkeit für Schwule und Lesbische. Das ist das erste Thema.

Und als zweites möchte ich ansprechen, dass Kinderpornografie strenger bestraft werden sollte. Es sollten die Personen, die so etwas veröffentlichen oder weiterverbreiten, umgehend mit Freiheitsentzug bestraft werden.

Und natürlich will ich auch auf die Schule zu sprechen kommen. Es sollte der Aufklärungsunterricht auch wirklich gemacht werden. Das zur Schule und nun weiter mit den digitalen Medien. Da gibt es auch ganz viel. Da gibt es zum Beispiel auch diese Online-Plattformen wie – oh, ich will da jetzt keine Namen nennen. Aber das ist natürlich auch für Jugendliche ziemlich gefährlich. Da sollte man aufpassen und man sollte auch wirklich Warnhinweise geben, was es für Konsequenzen geben könnte.

Und natürlich gibt es noch vieles mehr. Aber nun ja – (mit Blick auf die zunehmend derangierte Kleidung) – Oh Gott, ich falle schon auseinander – Ja, ich glaube, das wär's. (Applaus bricht los)

Moderatorin:

Ich danke recht herzlich. (großer Applaus mit begeisterten Zwischenrufen aus dem Publikum)

Sehr schön. Hat noch jemand Fragen? (Applaus) Dann schließen wir passend an, wo doch gerade die Rede von den Online-Foren war, und ich bitte den Vertreter für alles Digitale und die Online-User auf die Bühne.

Der Vertreter der Online-User (Online) tritt auf.

Online:
Liebe Schülerinnen und Schüler, liebe Lehrerinnen und Lehrer. Ich als Euer Vertreter der Online-User würde Euch jetzt einige Informationen geben. Ich bin ja dafür da, um Euch Informationen zu geben. Und um Euch Internet und Nachrichten zu geben. Damit Ihr Internet und Filme und Serien gucken könnt. Und ich kann Euch auch Kontakte geben. (Applaus) Das war's von mir. (mehr Applaus)

Moderatorin:
Vielen Dank dafür. Auch hier noch einmal die Frage nach weiteren Fragen. Keine Fragen? Alle Fragen beantwortet? Sehr gut. Gut auch, dass der Vertre-

ter der Online-User daran erinnert hat, dass das hier nicht nur ein Schaulaufen ist, sondern dass es hier auch darum geht, die anderen zu überzeugen, um hinterher Stimmen zu bekommen.

Online (ruft von seinem Platz im Plenum aus):
Ich habe sogar noch die Wettervorhersage für Euch. Es soll heute kühl werden und regnen bei bis zu – (er wird von den anderen unterbrochen)

Moderatorin:
Wir danken für die Wettervorhersage. Wunderbar. Was helfen könnte gegen Regen, wären mehr Bauten. Ergo rufe ich nun den Vertreter der Baubranche auf die Bühne, damit er uns erklärt, was die Baubranche uns für die Zukunft bieten kann und worum es ihm geht.

Der Vertreter für die Baubranche (Bau) tritt auf.

Bau:
Im Moment haben wir dollen Baustoffmangel, das heißt, wir kriegen keine Dachlatten in den

Baumärkten und im Großhandel. Und es wird zu teuer zu bauen. Denn mittlerweile wird alles teurer. Eigentlich sollte es billiger werden, damit alle Leute sich ein Haus leisten können. Und die Leute, die das Haus bauen, die sollen besser bezahlt werden. Es herrscht im Moment sowieso Personalmangel. Da ist es schwierig, Leute zu bekommen, die zum Bau gehen. Und es soll auch mehr Urlaub geben für die Leute, weil es doch ein sehr doller Knochenjob ist und anstrengend ist. (Applaus)

Moderatorin:
Sehr gut erklärt. Danke sehr. Oh, ich sehe gerade, die Fantasie möchte etwas dazu sagen.

Fantasie:
Das stimmt alles, das weiß ich, das hat mir nämlich mein Papa gestern gesagt. Der möchte nämlich weiter anbauen und da hat er mir auch sehr viel darüber erzählt.

Moderatorin:
Also die Fantasie unterstützt die Baubranche. Das ist auch ein wichtiges Zwischenergebnis, wie ich finde.

Nun kommen wir zum Schluss und zu etwas ganz Wichtigem, nämlich zu dem, was uns die Vertreterin der Kinderrechte zu sagen hat.

Die Vertreterin für die Rechte aller Kinder (Kinderrechte) tritt auf.

Kinderrechte:
Wenn die Eltern eine Entscheidung treffen, finde ich wichtig, dass die Kinder mitentscheiden können. Je nachdem, welche Entscheidung die treffen, müssen die ein Mitspracherecht haben.

Als nächster Punkt kommt die eigene Meinung. Also dass die Kinder auch eine eigene Meinung haben dürfen.

Als nächstes kommt Folgendes: Wenn die Kinder etwas haben, das zum Beispiel in der Schule passiert ist, sollen sie das den Eltern sagen können und auch sagen können, was sie belastet.

Und wenn zum Beispiel Krieg ist, müssen die Kinder beschützt werden. Und wenn etwas passiert ist, wie ein Unfall oder so, und sie haben sich verletzt, haben die Kinder auch ein Recht zu weinen.

Großer Applaus im Publikum.

Moderatorin:
Vielen Dank für diesen Beitrag. – Wenn keiner mehr Fragen an die Kinderrechte hat –

Online:
Ich glaube, es gibt noch Fragen.

Moderatorin:
Na dann her mit den Fragen. Wo sind sie denn?

Online:
Ich glaube, alle sind fertig hier.

Moderatorin:
Du nimmst mir das Wort aus dem Mund, genau das wollte ich gerade sagen. Wir hätten an dieser

Stelle gerne eine Diskussion eingebaut, aber das Wetter ist anscheinend dagegen, denn es regnet. Lasst uns also zur Abstimmung kommen. Alle Karten werden dort auf den Tischen ausgelegt, und dann darf jeder drei Punkte vergeben – einzeln für drei Projekte, alle für eines, ganz so, wie man mag.

Alles schreitet zur Abstimmung an die Tische. Am Ende wird ausgezählt. Dann kommen alle wieder im Plenum zusammen. Gespannte Stille erwartet die Moderatorin und das Wahlzählkommitee.

Moderatorin:
Verehrte Versammlung, liebes Publikum, die Wahl ist gelaufen, und wir kennen die Sieger. Das sind die drei Projekte, die unser Zukunftskongress für würdig befunden hat, als erste umgesetzt zu werden – und ich verkünde sie jetzt in umgekehrter Reihenfolge, also beginnend mit Platz 3:

Die drittmeisten Stimmen hat die Fantasie bekommen. Wir werden also alle nicht ohne Drachen, Zwerge, Meerjungfrauen, Einhörner, Zauber und so weiter auskommen müssen. Das sind gute Nachrichten, vor allen Dingen für eine Autorin wie mich, denn ohne Fantasie wäre ich völlig aufgeschmissen und arbeitslos.

Die zweitmeisten Stimmen hat ein weiteres Herzensthema bekommen, das für uns alle wichtig ist: Der zweite Platz geht an die Rechte aller Kinder.

Und die allerallerallermeisten Stimmen gibt es für die Behindertenrechte. (großer Jubel)

gemeinschaftlich entwickeltes Theaterstück der Klassen Stotz und Welsch

Geschichten, Songs und ein Theaterstück – da fehlen eigentlich nur noch Gedichte. Und für ganz besondere Schreibanlässe sorgte höchst diverser, will sagen vielfältiger, ja auch vielbeiniger Besuch, den Patrick Meyer von der Reptilienauffangstation in Polch in einer großen Styroporkiste mit- und uns allen näherbrachte. Wer ihn begleitet hat, zeigen die gesammelten „magischen Worte“:

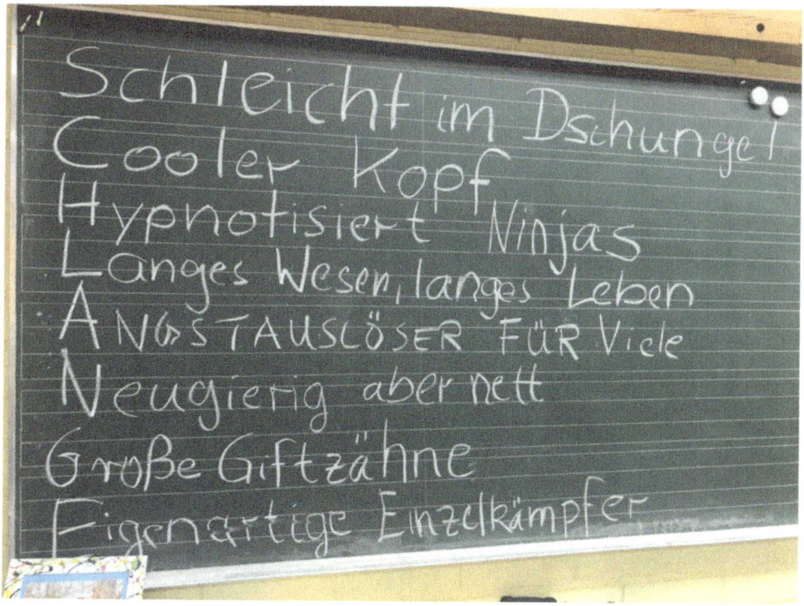

Den ersten Hinweis ergibt das gemeinsame „magische Wort“ der Stotz-Klasse …

S_chlange
C_hips
H_ornhaut
U_nglaublich spannend
L_ang
E_ier

Alea, 10 Jahre

S_pannend
P_opo
A_ngst
N_eugierig
N_iedlich
E_igenschaft
N_ie Alleine (Menschen)
D_ie war brav

Sophie, 11 Jahre

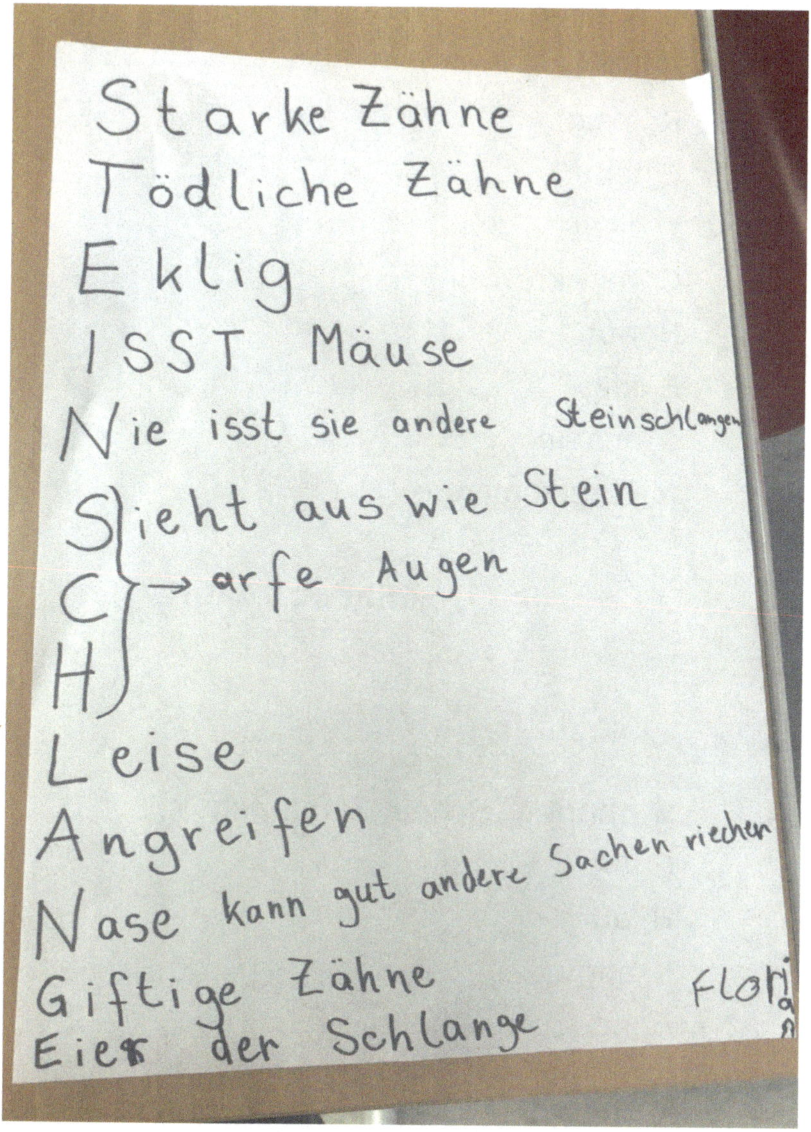

... genauer wird es in Florians Akrostichon, wie magische Wörter auch heißen ...

S_treicheln

T_iere

R_iesig

E_ier

I_gitt

C_harakter

H_aut

E_klig

L_ächeln

N_atterschlange

Emily , 11 Jahre

S_chaurig, Scheu, Schuppen

C_hic

H_aut

L_ang

A_ngst, Anziehend

N_eugierde

G_eheimnisvoll

E_legant

N_ähe
E_xtrem wendig
I_nteressant

Laurel, 13 Jahre

F_aszinierend
A_ngst
S_chaurige Schuppe
Z_ähne, Zunge
I_nspiration
N_och beeindruckender
A_nziehend
T_iere
I_nteressant
O_hne Füße
N_ähe

Laurel, 13 Jahre

Oserjemery Elise schreibt dazu: Ich fand es ein bisschen gruselig, dass die Schlange sich bewegt hat. Aber ich fand es auch schön, dass die Schlange so ein schönes Muster hat. Aber ich bin auch fasziniert, die Schlange so mal aus der Nähe zu betrachten.

S_chlange

C_ool

H_astig, Heimlich

M_utig

U_mständlich

G_ruselig

G_espenstisch

E_legant

L_eise

N_achts

Oserjemery Elise, 13 Jahre

A_llerdings langsam
M_ega nett
A_bschreckend
N_iemals beißen
D_ie Schöne
A_bsolut lieb

Oserjemery Elise, 13 Jahre

S_chön
C_ool
H_aut
L_angsam lang
A_ngst
N_ett
G_ruselig glatt
E_klig

Türkiye_Denizli_20, 12 Jahre

S_chlängeln

C_hic

H_aut

L_auschen

A_uge

N_ase

G_rund für Angriff

E_cht gefährlich

Mahmud-Sami, 12 Jahre

K_ein Haustier

R_ichtig Angst

O_rdentliche Beute

K_ein liebes Tier

O_ber-Chef

D_ie großen Tiere

I_gitt

L_eicht aggressiv

Oserjemery Elise, 13 Jahre

K_rokodilhaut
R_uhig sind die nicht
O_h gefährlich
K_rokodil Gefahr
O_h essen
D_enken
I_nteressant
L_auschen

Mahmud-Sami, 12 Jahre

K_omisch
A_temberaubend
K_arl
E_legant
R_eizend
L_eise
A_ffenzahn
K_ein Kuscheltier
E_cht schnell

Oserjemery Elise, 13 Jahre

… wie man nun ahnen kann, waren die Geschöpfe, die Patrick uns vorstellte, nicht allesamt „beinlos", ganz im Gegenteil …

ell, super schaurig
enmacher
nspiration
ich mich
ungen

F_lach
Ü_bel
H_ektisch
L_ange Beine
E_klig
R_ückenpanzer

Laurel, 13 Jahre

V_iele Beine
O_bercool
G_efunden
E_cht
L_angsam
S_pannend
P_astispinne
I_nteressant
N_atürlich
N_ervöse Lehrerin
E_legant

Emil, 12 Jahre

H_eute passiert was
Ä_nderung
U_nterschuppenhaut
T_ierversuche
E_ndlich
N_eu

Emil, 12 Jahre

Statt eines Nachwortes

D_urch Kunst, Musik und exotische Tiere zum Schreiben angeregt
I_nspiration durch eine echte Autorin
V_iele verschiedene Voraussetzungen
E_chte Energiebündel reißen alle mit
R_aum für jeden Einzelnen
S_elbstvertrauen gewinnen
I_mmer gute Laune
T_eamwork bringt tolle Geschichten hervor
Y_ippie, unser eigenes Buch!

Inspiriert durch die entstandenen Werke im Projekt, wollten auch wir Lehrerinnen ein Akrostichon beisteuern, um unsere Erfahrungen zum Ausdruck zu bringen. Unser Thema „diversity" erschien uns als „magisches Wort" besonders passend, da auch unsere Gruppe ganz unterschiedliche Voraussetzungen mitbrachte und außergewöhnliche Schreibanlässe erleben durfte. Wir wussten nicht immer genau, was auf uns zukam, wenn Eva und Mischa mit uns künstlerisch aktiv wurden, Musiker und Autoren vorstellten oder wir in Kontakt mit Schlange Amanda, Kakerlaken oder riesigen Spinnen (zum Glück nur im Modell!) kamen. Jedoch entstanden daraus immer ungeahnte schriftliche Ergebnisse, wie Geschichten, Songs, Gedichte und sogar ein kleines Theaterstück. Wir entdeckten, dass viel mehr Ideen entstehen und sich unsere Stärken und Schwächen ergänzen, wenn man im Team zusammen schreibt, sei es untereinander oder mit den Profis. Ermutigt durch die positiven Erfahrungen beim Schreiben, trauten wir uns schließlich sogar, unsere Werke vor der ganzen Gruppe zu präsentieren. Mischa und Eva schafften es mit ihrer Energie, guten Laune, Erfahrung und Kreativität, unsere Freude am Schreiben zu wecken und über die gesamte Projektzeit aufrechtzuerhalten. Alles war erlaubt, alle Ideen willkommen, jeder wurde ernst genommen und durfte so sein, wie er ist, so dass Begegnungen auf Augenhöhe zwischen Profis und jungen Autoren möglich wurden.

Nadine Stotz, 44 Jahre, und Verena Welsch, 38 Jahre, Lehrerinnen an der Landesschule für Blinde und Sehbehinderte, Neuwied

Inhalt